Pour les petits Soissonnais -
Thibaut, Priscille, Albert,
Audrion, Jean et Solène -
une histoire au fond des bois.
OL

Petite taupe
ouvre-moi ta porte !

Texte de Orianne Lallemand
Illustrations de Claire Frossard

AUZOU

BRRRRR ! Il fait nuit.
C’est l’hiver dehors.

TOC TOC TOC !

Qui frappe à la porte de la petite taupe ?

Une petite grenouille toute mouillée. Elle a l'air épuisé.

œuf de pie
boudin
larves
citrons confits
racine
chenille
œufs
tiges
confiture poire
confiture prune
confiture abricot

La petite taupe la fait entrer et l'installe sur le canapé. Mais…

TOC TOC TOC !

Qui frappe à la porte ?

Un petit écureuil qui tremble comme une feuille.

boudin
larves
confits
oeufs
confiture poire
confiture prune
confiture bleuet
confiture abricot

La petite taupe le fait entrer et l'installe sur le canapé.
Mais…
TOC TOC TOC !
Qui frappe à la porte ?

Un pauvre blaireau qui prend l’eau.

citrons confits
tiges fraîches
confiture poire
confiture prune
confiture bleuet
confiture coing
confiture abricot

La petite taupe le fait entrer et l'installe sur le canapé.
Mais…

TOC TOC TOC !

Qui frappe à la porte ?

C'est une mésange et ses petits.
Il fait bien trop froid dans leur nid.

boudin
citrons confits
confiture poire

La petite taupe les fait entrer et les installe dans son lit.
Mais…

TOC TOC TOC !

Qui frappe encore à la porte ?

Un horrible loup !

– Je vais tous vous dévorer ! gronde le loup affamé.
– À l'attaque ! répondent les animaux, menés par le blaireau.

PLAF ! BOUM ! OUILLE !

C'est la bataille !

ET BADABOUM !

Le loup s'écroule sur le plancher.
En un rien de temps, le voici ligoté.

Pour se remettre de toutes
ces émotions, la petite taupe
décide de préparer sa spécialité :
une bonne soupe à l'oignon.

Mais soudain…
TOC TOC TOC !
Qui frappe à la porte de la petite taupe ?

Oh ! Un hérisson, un hibou, un mulot, un lapin : tous gelés.
Eux aussi voudraient bien entrer !

MMMM ! Dans la petite maison,
tout le monde s'est installé autour d'un bon souper.

Et même le loup peut y goûter !

Direction générale : Gauthier Auzou
Édition : Florence Pierron et July Zaglia
Maquette : Annaïs Tassone
Fabrication : Florent Verlet et Jean-Christophe Collett

Loi n° 49-956 du 16 juillet 1949 sur les publications destinées à la jeunesse.
Dépôt légal : 1er trimestre 2011
ISBN : 978-2-7338-1592-2
Imprimé en Chine.

www.auzou.com

Retrouvez la collection des « p'tits albums » en format souple

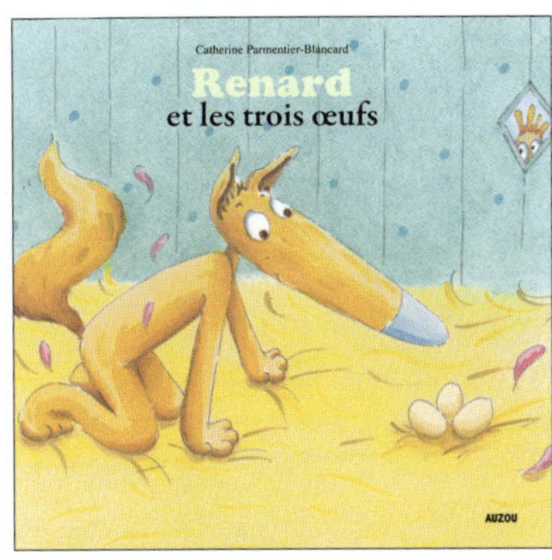

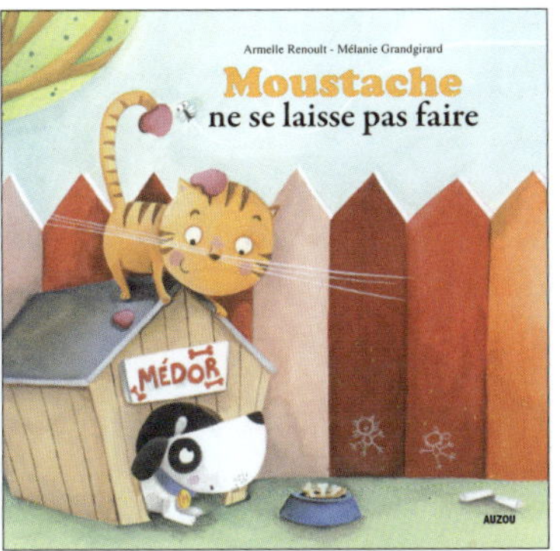

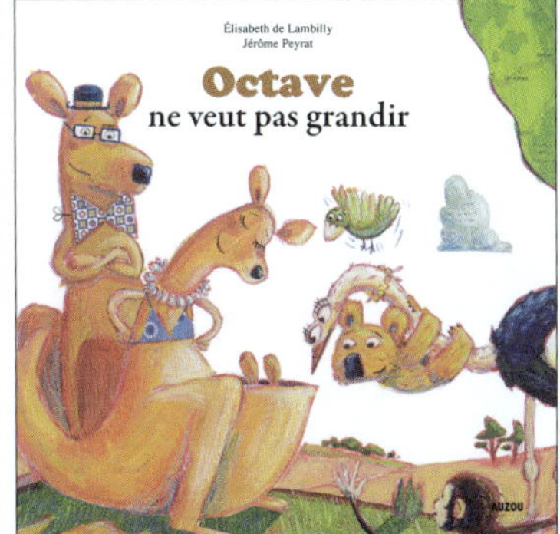

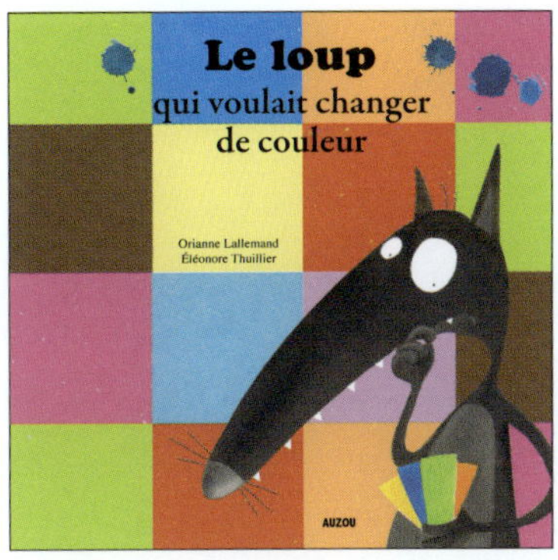